N° 1

COLLECTION D'UN AMATEUR

Vente du VENDREDI 27 MARS 1914 - Hôtel Drouot, Salle n° 10

N° 229 du Catalogue

Estampes, Dessins et Peintures Modernes

EXPOSITION PUBLIQUE : Le Jeudi 26 Mars 1914. — Hôtel Drouot - Salle N° 10
de 2 heures à 6 heures

Commissaire-Priseur :
Me GEORGES TIXIER
45, Rue de la Chaussée-d'Antin

Expert :
MAURICE LE GARREC, Editeur-Marchand d'Estampes
24, Rue Mogador

N° 237 DU CATALOGUE

ESTAMPES
Dessins et Peintures
MODERNES

Conditions de la Vente

Elle sera faite au comptant.

Les adjudicataires paieront *dix pour cent* en sus des enchères.

M. Maurice Le Garrec remplira les commissions que voudront bien lui confier MM. les Amateurs ne pouvant y assister.

MM. les Amateurs pourront visiter la collection, **24, Rue de Mogador,** du **Mardi 17 Mars,** au **Mercredi 25 Mars** *(dimanche excepté)* de 9 heures à 6 heures.

Exposition Publique

HOTEL DROUOT, SALLE N° 10

Le Jeudi 26 Mars 1914, de 2 h. à 6 h.

CATALOGUE

DES

ESTAMPES

Dessins et Peintures

MODERNES

Formant la Collection d'un Amateur

ŒUVRES DE

BELLEROCHE, BONINGTON, BUHOT, CARRIÈRE, MARY CASSATT, CHAHINE, CHARPENTIER, CHASSERIAU, COROT, DAUBIGNY, DAUCHEZ, DUPRÉ, FORAIN, GAILLARD, GAUGUIN, GAVARNI GÉRICAULT, HADEN, HUET, E. ISABEY, JONGKIND, LEGRAND, LEGROS, LEHEUTRE, LEPÈRE, MANET, MILLET, C. PISSARRO, PRUD'HON, RAFFAELLI, ROPS, TOULOUSE-LAUTREC, ZORN, ETC.

Importants Dessins de F. BUHOT

Dont la Vente aura lieu : A PARIS, HOTEL DROUOT, SALLE

LE 27 MARS 1914, à 2 heures précises

Par le Ministère de Me GEORGES TIXIER, Commissaire-Priseur

45, Rue de la Chaussée d'Antin

Assisté de M. MAURICE LE GARREC EXPERT

ÉDITEUR-MARCHAND D'ESTAMPES

24, Rue de Mogador, — PARIS

DÉSIGNATION

ESTAMPES

BELLEROCHE (A.)

1. **Femme en Buste;**
Nature Morte.
Deux pièces, très belles épreuves *signées*.

BONINGTON (R. P.)

2. **Façade de l'Eglise de Brou** (B. 18), très belle épreuve *sur chine*.

3. — **Cul-de-Lampe (Fenêtre de l'Abside de l'Eglise Saint-Taurin d'Evreux;**
Croix de Moulins, les planches (B. 5 et 13).
2 pièces, très belles épreuves sur blanc.

4. — **Campos sur les Bords du Rio Das Velhas;**
Embouchure de la Rivière Caxœra;
Entrée de la Rade de Rio-de-Janeiro, etc...
Ensemble 5 pièces, belles épreuves, *deux sur chine*.

5. — **Glenfinlas;**
Bothwell Castle;
Lac de Killin;
Old Gate way at Stirling;
Brackline;
Edimbourg, etc.
Ensemble 11 pièces, belles épreuves, *trois sur grand chine*.

BRÉMOND (J. N.) — DELAVALLÉE (H.)

6. **Le Retour du Troupeau ;**
Retour de Pêche la Nuit.
Deux pièces, très belles épreuves, *signées.*

BUHOT (Félix)

7. **Cacoletière assise ;**
Le Couvre-Feu.
Deux pièces, très belles épreuves.

8. — **Les Fiacres** (G. B. 123), très belle épreuve du 2e *état, timbrée et signée*, avec mention de la main de l'artiste, *épreuve d'essai tirée par moi à l'essence de térébenthine.*

9. — **La Place Pigalle en 1878** (G. B. 129), très belle épreuve *timbrée.*

10. — **Les Voisins de Campagne** (G. B. 148), très belle épreuve sur papier ancien, *timbrée, avec dédicace signée*, rare.

11. — **La Petite Chaumière** (G. B. 149), très belle épreuve, avec dédicace *signée*, légendée par l'artiste, *une des premières épreuves.*

12. — *La Même*, très belle épreuve, tirée à l'essence, *avec dédicace, signée*, rare.

13. — **Le Petit Enterrement** (G. B. 154), très belle épreuve sur hollande, *timbrée.*

14. — **La Place des Martyrs ou la Taverne du Bagne** (G. B. 163), superbe épreuve sur japon, *timbrée.*

Voir la Reproduction.

15. — **La Falaise ;**
Baie de Saint-Malo (G. B. 165).
Très belle épr. sur vélin, *timbrée*.

16. — *La même*, superbe épreuve *avec les marges mobiles*, rare de cette qualité.

17 — **Les Oies** (G. B. 166), très belle épreuve, tirée à l'essence *avec dédicace signée*.

18. — **Les Gardiens du Logis** (G. B. 176), très belle épreuve *signée*, *avant la réduction de la planche*.

CARRIÈRE (Eugène)

19. — **Madame Eugène Carrière** (L. D. 13), très belle épreuve sur chine à grandes marges, *rare*.

20. — **Elise Riant** (L. D. 19), très belle épreuve, *imprimée en sanguine*, sur chine volant, *rare*.

21. — **Maternité Grande Planche** (L. D. 38), très belle épr. sur chine volant.

22. — *La même*, très belle épreuve sur *chine signée*.

CASSATT (Mary)

23. **La Tricoteuse**, très belle épreuve, *numérotée et signée*.

CHAHINE (Edgar)

24. **Les Coussins**, très belle épreuve, *signée*, rare.

25. — **Dormeurs sur un banc**, très belle épreuve, *signée*.

26. — **Lerand dans le rôle de Rodin du Juif errant**, superbe épreuve sur japon, *signée*.

27. — **La Marchande de quatre saisons**, superbe épreuve *numérotée 1/40 et signée. Très rare.*

Voir la Reproduction.

28. — **Le Quartier du Combat**, très belle épreuve sur japon *signée*,

CHARLET (N. T.)

29. **Le Grenadier de Waterloo**, 1re pierre.
Le Drapeau défendu, (B. 38 et 42).
2 pièces, très belles épreuves. *Rares.*

CHARPENTIER (G.)

30. **Perros Guirrec ;**
Cote Bretonne.
Deux très belles épreuves imprimées en couleur, *numérotées et signées*.

CHASSÉRIAU (Th.)

31. **Apollon et Daphné**, très belle épreuve sur chine. *Rare.*

32. — **Apollon et Daphné.** Très belle épreuve sur chine, tirage de Lemercier.

CHASSERIAU (Th. d'après)

33. **Intérieur Oriental** ;
Turc assis (épreuve de la pierre détruite) ;
La Toilette d'Esther (2 épreuves), etc. ;
Ensemble 8 pièces, belles épreuves.

CHAVANNES (P. Puvis de)

34. **Le Pauvre Pêcheur**, très belle épreuve, *rare*.

N° 14 DU CATALOGUE

N° 27 DU CATALOGUE

N° 68 DU CATALOGUE

COLIN. — MALO-RENAULT

35. **Les Meulettes de Blé ;**
Marchande de Douceurs.
Très belles épreuves, imprimées en couleurs, *signées et numérotées.*

COROT (J.-B.)

36. **Ville d'Avray : l'étang au Batelier** (L. D. 3), très belle épreuve du 2e *état.*

37. — **Souvenir d'Italie** (L. D. 5), très belle épreuve tirée avec cache-lettre.

38. — **Environs de Rome** (L. D. 6), très belle épreuve du 2e *état.*

39. — **Campagne Boisée** (L. D. 8), très belle épreuve du 3e *état.*

COTTET (Ch.)

39 *bis*. **Feux de la St-Jean** (lithographie), très belle épreuve sur chine volant.

DAUBIGNY (C. F.)

40. **L'Ane à l'Abreuvoir** (H. 64) ;
L'Automne (H. 66) ;
Le Bac (H. 68) ;
Les Charrettes de Roulage. — **Morvan** (H. 70).
Ensemble 4 pièces, très belles épreuves sur chine.

41. — **Ruines du Château de Crémieux**, *1er état* (H. 87) ;
Les Cerfs sous Bois (H. 75) ;
L'Ondée (H. 78) ;
Le Guet du Chien (H. 82).
Ensemble 4 pièces, très belles épreuves sur chine.

42. — **Un Cochon dans un Verger** (H. 87);
La Poule et ses Poussins (H. 88);
Le Satyre (H. 67).
Ensemble 3 pièces, très belles épreuves, *deux sur chine*.

43. — **Les Vendanges** (H. 107), très belle épreuve du *premier état*, rare.

44. — **Les Vendanges** (H. 107);
Le Gué (H. 118);
Les Bergers, *2e état*.
Ensemble 3 pièces, très belles épreuves sur chine.

45. — **Les Bergers** (H. 112), très belle épreuve du *1er état*, sur chine, rare.

46. — **Pommiers à Auvers** (H. 116), très belle épreuve du *1er état*, sur chine.

47. — **Clair de lune dans le Valmondois** (H. 117), très belle épreuve du *1er état*, sur chine.

48. — **Troupeau de vaches** (autographie), très belle épreuve sur chine.

49. — **Le Voyage en bateau**. 7 très belles épreuves de 6 planches différentes.

DAUCHEZ (André)

50. — **Le Moulin de Lesconil**, très belle épreuve *numérotée et signée*.

51. — **Petit bateau en rivière**, très belle épreuve *numérotée 9/30 et signée*.

52. — **La Plaine**, très belle épreuve, *numérotée et signée*.

53. — **Le Ruisseau de Groasken**, très belle épreuve, *numérotée et signée.*

54. — **Tas de Goémon**, très belle épreuve, *numérotée 4/20 et signée.*

DECAMPS (A. G.)

55. **Village de Turquie** (M. 19), très belle épreuve du 3e *état*, sur chine.

DEGAS (d'après)

56. — **15 lithographies d'après Degas par G. W. Thornley** très bel exemplaire relié, couverture conservée, *la première planche en double état.*

57. — **Danseuse assise rattachant son soulier**, très belle épreuve imprimée en couleurs, *rare.*

58. — **Danseuse en Buste**, très belle épreuve *imprimée en couleurs* (rare).

DENIS (Maurice)

59. **Baigneuse**, très belle épreuve imprimée en couleurs, *numérotée et signée.*

DETAILLE (Ed.)

60. **Lancier à cheval**, très belle épreuve sur vélin.

DUPRÉ (Jules)

61. **Pacages du Limousin ;**
Moulin de la Sologne ;
Vue prise en Normandie ;
Vue prise dans le Port de Plimouth ;
Vue prise en Angleterre ;
Bords de la Somme ;
Vue prise d'Alençon (L. D. 1 à 7).
Ensemble 7 pièces très belles épreuves dont 6 *en premier état.*

FORAIN (J. L.)

62. **Sortie d'Audience**, 1re planche (M. G. 50), très belle épreuve du 4e état, *signée*. *rare*.

63. — **Le Prévenu et l'Enfant** (M. G. 52), très belle épreuve du *3e état*. *signée*, rare.

64. — **La Madone et les Enfants** (M. G. 73), très belle et très rare épreuve du *1er état*, *signée*.

65. — **Paysage des Environs de Versailles** (M. G. 75), très belle épreuve du *1er état*, *signée*, rare.

66. — **Avant le Repas à Emmaüs** (M. G. 95), très belle épreuve du *1er état*, *signée*.

67. — **Rencontre sous la voûte** (1er planche) (M. G. 100), superbe épreuve sur japon, *signée*, *rare*.

68. — **Rencontre sous la voûte**, 3e planche (M. G. 102), très belle épreuve du *1er état*, *signée*, rare.

Voir la Reproduction.

69. — **Femme nue vue de dos** (M. G. 104), très belle épreuve du *1er état* sur papier verdâtre, *signée*.

70 — **Evanouissement à l'Audience** (M. G. 106), très belle épreuve du *1er état*, *signée*.

71 — **Pieta**, 3e planche (M. G. 119), très belle épreuve du *1er état*, *signée*, très rare.

Voir la Reproduction.

FRELAUT (Jean)

72. **Ferme de Cadio** (**Morbihan**), très belle épreuve d'état d'une planche tirée à quelques épreuves, *signée*.

GAILLARD (F.)

73. **Dom Prcsper Guéranger ;**
Monseigneur Pie.
Ensemble deux pièces, très belles épreuves sur chine.

74. — **Le Père Hubin** (B. 42), très belle *épreuve de remarque* sur chine.

GAUGUIN (Paul)

75. **Dessins Lithographiques**, suite complète de 10 lithographies et d'une couverture, imprimées sur *vélin jaune*, très belles épreuves, rares.

76. **Manao. Tu Patapou**, bois en couleurs, très belle épreuve sur vélin, rare.

77. — **Marchande de Figues,** eau-forte, très belle épreuve sur vélin.

78. — **Maruru**, bois en couleurs, très belle épreuve sur japon, rare.

79. — **Te Allua**, bois en couleurs, très belle épreuve sur vélin.

80. — **Te Faruru,** bois en couleurs, très belle épreuve sur japon, rare.

81. — **Te Po**, bois en couleurs, très belle épreuve sur papier ancien.

82. — **L'Univers est créé**, bois en couleurs, très belle épreuve sur japon.

GAVARNI

83. **Une Famille malheureuse** ;
Le Loup ;
Mademoiselle Dejazet ;
Les Suites du Bal masqué ;
Retour du Bal, etc.
Ensemble 10 pièces, belles épreuves.

84. — **Musiciens Comiques ou Pittoresques ;**
L'Auteur des Paroles. etc...
Ensemble 8 pièces, très belles épreuves sur grand chine. Rares.

85. — **Physionomies des Chanteurs**, 6 pièces.
Musiciens Comiques ou Pittoresques, 10 pièces.
Ensemble 16 pièces, belles épreuves.

86. — **Les Enfants Terribles**, pl. 48 ;
Les Coulisses, pl. 16 et 27 ;
Paris le Soir ;
Les Lorettes ;
La Musique, etc.
Ensemble 15 pièces, belles épreuves, 4 coloriées.

87. — **D'après Nature : Texte par Jules Janin, Paul de Saint-Victor, etc. 3me Dizain par Edmond Texier.** *Paris, Morizot*, s. d. ; bel exemplaire dans son cartonnage.

GAVARNI (par ou d'après)

88. **Souvenirs du Bal Chicard** ;
Porteuse de Modes ;
La Bourgeoise ;
Marchande de la Halle ;
La Femme en Chapeau, etc.
Ensemble 19 pièces, belles épreuves.

GÉRICAULT (J. L. Th.)

89. **Mameluck défendant un Trompette blessé** (C. 8), très belle épreuve sur blanc (quelques piqûres) très rare.

90. — **Les Boxeurs** (C. 9), superbe épreuve, très rare en cet état.

Voir la Reproduction.

GREVEDON (H.)

91. **Marie-Christine;**
Caroline d'Orléans ;
Violetta ;
Alfieri ;
Marie Amélie, princesse des deux Siciles ;
Pauvreté et Honneur.
Ensemble 6 pièces, très belles épreuves.

GUDIN (Th.)

92. **Le Crépuscule ;**
Village en Flandre.
2 pièces, très belles épreuves sur grand chine.

93. — **Navire à la Côte ;**
Naufrage sur la Côte.
2 pièces, très belles épreuves, dont une sur grand chine.

GUÉRARD (Henri)

94. **Marine ;**
Barque échouée ;
Vue d'un Port. D'après Manet, etc...
Ensemble 9 pièces, très belles épreuves signées, une avec dédicace à Burty.

GUILLAUMIN

95. **Bicêtre, Chemin des Barons ;**
Rue de Village.
2 pièces, très belles épreuves.

HADEN (Seymour)

96. **Egham** (D. 14), *très belle et rare épreuve d'état* avec signature en petits caractères et trois oiseaux seulement
Voir la Reproduction.

97. — **Egham Lock** (D. 15), très belle épreuve sur vélin.

98. — **La Tamise à Battersea** (D. 45), très belle épreuve sur vélin.

HELLEU (Paul)

99. **Madame la Comtesse de Noailles**, superbe épreuve *signée* Rare.

HENNER (d'après)

100. **Baigneuse**, très belle épreuve de la collection Giacomelli.

HERVIER-JACQUEMART

101. **Planche de Croquis** (B. 10) ;
Le Liseur d'après **Meissonnier ;**
Souvenir de Voyage, etc.
Ensemble 4 pièces, belles épreuves.

HOUDARD (Ch.)

102. **Après l'Averse**, très belle épreuve imprimée en couleurs, *numérolée et signée.*

103. — **La Dune**, très belle épreuve imprimée en couleurs, *numérolée et signée*, épuisée, rare.

N° 71 DU CATALOGUE

N° 96 DU CATALOGUE

N° 90 DU CATALOGUE

N° 130 DU CATALOGUE

N° 134 DU CATALOGUE

N° 143 DU CATALOGUE

N° 177 DU CATALOGUE

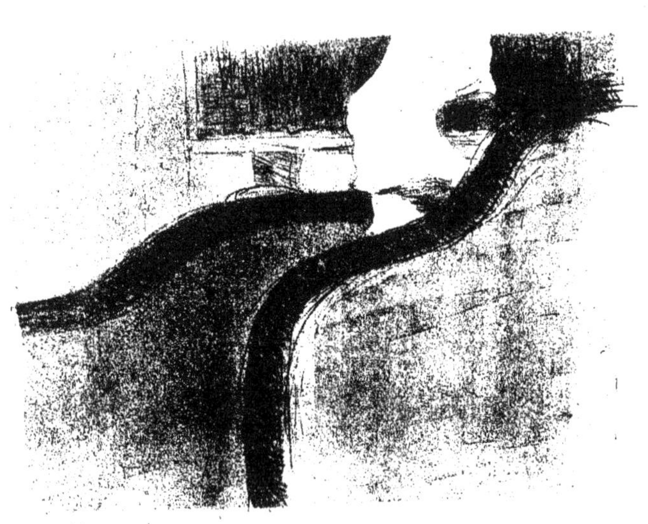

N° 2[illegible] DU CATALOGUE

HUARD, LEPIC, ARDAIL

104. **Etudes de Têtes** ;
Les Canetons ;
Soleil Couchant ;
Tête de Vieille Femme.
Ensemble 4 pièces, très belles épreuves, *signées*.

HUET (Paul)

105. **Cahier de 6 eaux-fortes** (L. D. 6, à 12), très belles épreuves portant le *timbre de Rittner et Goupil* dont 6 sur chine, le titre en double état ; ensemble 8 pièces.

106. — **Vue Générale d'Avignon** (L. D. 4), très belle épreuve sur chine.

INGRES (d'après)

107. **Françoise de Rimini** par **Aubry le Comte**, très belle épreuve sur chine.

ISABEY (Eug.)

108. **Vue de Caen** ;
Souvenir de Bretagne.
2 pièces, très belles épreuves *avec le timbre de Morlot*.

109. — **Le Retour au Port** (B. 15), très belle épreuve d'essai (légère déchirure en marge), très rare.

110. — **Côte de Douvres par un gros temps** (B. 16), très belle épreuve sur chine.

JACQUEMART (J.)

111. **Vieux Marché à Fécamp** (B. 334 et 335), très belles épreuves d'artiste sur japon.

112. — **Les Gemmes et Joyaux de la Couronne**, très bel exemplaire du 1er tirage *(les épreuves d'une fraicheur exceptionnelle)*.

JONGKIND (J. B.)

113. **Cahier de 6 eaux-fortes** (L. D. 1 à 7), superbe exemplaire avec titre et couverture.

114. — **Vue de la Ville de Maaslins** (**Hollande**) (L. D. 8), très belle épreuve avec le timbre sec de Cadart.

JOURDAIN (Henri)

115. **Marché aux pommes**, très belle épreuve imprimée en couleurs, *numérotée et signée*,

116. — **Pont de Clisson**, très belle épreuve imprimée en couleurs, *numérotée et signée*.

LABROUCHE (Pierre)

117. **Le Béguinage à Bruges**, très belle épreuve imprimée en couleurs, *numérotée et signée*.

LALAISSE (Hippolyte)

118. **La Bretagne ;** choix de costumes, scènes de mœurs, sujets pittoresques, etc..., dessinés d'après nature et lithographiés. *Nantes, Charpentier, père et fils.* Suite complète de 6 lithographies, belles épreuves sur chine, cartonné.

LALANNE (Maxime)

119. **A Quimper ;**
Près Houlgate ;
Souvenir de Bordeaux ;
Village sur les Rochers, etc.
Ensemble 5 pièces, très belles épreuves, *une signée*.

LAMI (d'après Eug.)

120. **Un Hiver à Paris;**
Un Eté à Paris.
Suite de 15 planches sur 18, très belles épreuves.

LÉANDRE (C.)

121. **Femme en Buste**, très belle épreuve de remarque, imprimée en couleurs, *numérotée et signée* (tirée à 25). 155.

122. — **La Lecture**, très belle épreuve sur chine, *imprimée en couleurs.*

LEGRAND (Louis)

123. **Animales**, très belle épreuve sur japon, *signée.*

124. — **Farniente**, très belle épreuve *numérotée et signée.* 75.

125. — **Fumeuse**, très belle épreuve, *numérotée et signée.* 55

126. — **Grande Sœur**, très belle épreuve sur papier ancien, *numérotée et signée.* 48.

127. — **L'Heure de la Chauve-Souris**, très belle épreuve *numérotée et signée.* 150.

128. — **Maîtresse**, très belle épreuve, *numérotée et signée*, **rare.** 350.

129. — **Le Miché des Salons**, très belle épreuve sur japon, *numérotée et signée.* 65

130. — **Repos**, très belle épreuve sur japon, *numérotée et signée.* 190.

Voir la Reproduction.

LEGROS (Alphonse)

131. **Fifty Impressions;**
Of 10 Etchings by Alphonse Legros;
Are to be sold by Holleway et Son 25 Bedfort street strand London.
Suite complète de 10 eaux-fortes, superbes épreuves, *signées, avec dédicace (de toute rareté en cet état).*

LEHEUTRE (G.)

132. **Bords de la Marne**; très rare épreuve d'une des *premières planches de l'artiste* (tirée à 20), *nuumérolée et signée.*

133. — **Le Chevet de Saint-Rémy à Troyes**, très belle et rare épreuve du 1er état (tiré à 8), *numérolée et signée.*

134. — **L'Eure au Pont des Saints-Pères à Chartres,** superbe épreuve du *premier état* (tirée à 8) sur papier ancien verdâtre *numérolée et signée*, rare.

Voir la Reproduction.

135. — **L'Impasse Gambey**, très belle épreuve sur japon *signée.* Rare.

136. — **Le Port au Bois à Troyes**, très belle et rare épreuve *avant la signature, numérolée et signée.*

137. — **La Promenade du Rempart à Vitré**, superbe épreuve sur papier ancien du *1er état, numérolée et signée* (tirée à 8).

138. — **Rue du Petit-Cloître-Saint-Pierre à Troyes**, superbe épreuve sur japon, *signée.*

139. — **La Tour Saint-Nizier à Troyes**, très belle épreuve *numérolée et signée.*

LEPÈRE (A)

140. **Sortie d'École au Marais Vendéen** (L. B. 43), très belle épreuve sur hollande *signée*, rare.

141. — **Vue de Saint-Jean-le-Mont** (L. B. 48), très belle épreuve sur japon, *signée*. R. R.

142. — **Le Calvaire,** très belle épreuve *numérotée et signée*.

143. — **La Chaumière du Vieux Pêcheur,** très belle et rare épreuve *d'un état intermédiaire entre le 3e et le dernier* (tirée à 3) *numérotée et signée*, rare.

Voir la Reproduction.

144. — **Clisson**, superbe épreuve sur japon pelure, *numérotée et signée*.

145. — **L'Eglise de St-Prix,** superbe épreuve du *premier état* (tiré à 9), *numérotée et signée*.

146. — **La Masure**, très belle épreuve *numérotée et signée*, rare.

147. — **Le Moulin des Chapelles**, très belle épreuve, *numérotée et signée*. R. R.

148. — **Sous Bois « La Rigonnette »**, très belle épreuve sur japon, *numérotée et signée*, *rare*.

149. **Marchandes au Panier**, très belle épreuve *signée*.

150. — **Série de 4 Fumés des Bois du Catalogue de son Exposition en 1910**. très belles épreuves sur japon, *numérotées et signées*.

MANET (Ed.)

151. **Les Gitanos** (M. N. 2); très belle épreuve du 3e *état* sur chine.

152. — **Lola de Valence** (M. N. 3), très belle épreuve du *4e état*, sur chine.

153. — **Le Guitariste** (M. N. 4), très belle épreuve du *4e état* sur chine, rare.

154. — **Le Torero mort** (M. N. 13), très belle épreuve du *premier tirage.*

155. — **Le Corbeau, The Raven,** poème par **Edgar Poë.** Traduction française de **Stephane Mallarmé.** Avec illustrations par **Edouard Manet.** *Paris, Richard Lesclide,* 1875 (M. N. 90 à 95), très bel exemplaire cartonné, couverture conservée, rare.

MÉRYON (Charles)

156. **Ministère de la Marine**, très belle épreuve du *5e état* (une des dix premières épreuves tirées par Pierron).

MEISSONIER (d'après)

157. **Le Fumeur ;**
Le Graveur, par Rajon ;
Napoléon et son Etat-Major ;
Hussard à cheval ;
Général en selle se retournant, par J. Jacquet.
Ensemble 5 pièces, très belles épreuves, trois *signées.*

MILLET (J. F.)

158. **La Couseuse** (L. D. 9), très belle épreuve sur *papier ancien.*

159. — **La Baratteuse** (L. D. 10), très belle épreuve sur papier ancien.

160. — **La Bouillie** (L. D. 17), très belle épreuve du *4e état*, sur chine *avant la réduction de la planche.*

161. — **Le Départ pour le travail** (L. D. 19), très belle épreuve sur papier ancien.

MONOD (L. H.)

162. **Femme en buste**, très belle épreuve imprimée en sanguine (tirée à 2), *signée*.

MORIZOT (Berthe)

163. **Suite de 8 pointes sèches**, très belles épreuves, **rare**.

OSGOOD

163 *bis*. **Vues de Paris**, 5 planches, très belles épreuves d'artiste sur japon pelure.

PISSARRO (C.)

164. **A L'Abreuvoir (Vaches et leur Gardienne)**, très belle épreuve.

165. — **Baigneuses à l'ombre des berges boisées**, superbe épreuve sur chine, *numérotée, légendée et signée* par l'artiste.

166. — **Baigneuses le soir**, superbe épreuve, *numérotée, légendée et signée* par l'artiste.

167. — **Gardeuse d'oies**, très belle épreuve.

168. — **Maisons derrière un rideau d'arbres**, très belle épreuve sur hollande.

169. — **Paysannes portant des Fagots**, très belle épreuve, *signée*.

170. — **Un Marché**, très belle épreuve du *1er état*, sur chine.

PRUD'HON (P. P.)

171. **L'Enfant au Chien (Le Fils de Gouvion St-Cyr),** très belle épreuve sur chine.

172. — **Une Lecture ;**
Une Famille Malheureuse.
Ensemble 2 pièces, très belles épreuves sur chine.

PRUD'HON (d'après)

173. **Les Vendanges ;**
Mlle Meyer, par Aubry le Comte et Sirouy.
Ensemble 2 pièces, très belles épreuves sur chine.

RAFFAELLI (J. F.)

174. **L'Arbre Jaune,** très belle épreuve, *imprimée en couleurs,* sur japon, *numérotée et signée.*

175. — **Bonjour, Madame...,** très belle épreuve *imprimée en couleurs* sur japon, *numérotée et signée*, rare.

176. — **Le Chiffonnier éreinté,** très belle épreuve sur japon **signée**, rare.

177. — **Gennevilliers,** très belle *épreuve d'état, imprimée en couleurs* sur japon, *numérotée et signée.*

Voir la Reproduction.

178. — **Les Invalides,** très belle épreuve *imprimée en couleurs* sur japon, *numérotée et signée.*

179. — **Le Laveur de Chiens,** très belle *épreuve d'état imprimée en couleurs* sur japon, *signée.*

180. — **La Madeleine,** très belle épreuve *imprimée en couleurs* sur japon, *numerotée et signée.*

N° 214 DU CATALOGUE

N° 228 DU CATALOGUE

181. — **Mendiant et son Chien sur la route**, très belle épreuve rehaussée de couleur, *numérotée et signée.*

182. — **Paysage de Banlieue : Charretier et Tombereau**, très belle et rare *épreuve d'état*, imprimée en couleurs, *signée.*

183. — **Paysage de Banlieue (Chiffonnière et son Chien)**, très belle épreuve *imprimée en couleurs* sur japon, *numérotée et signée.*

184. — **Place de la Révolte**, très belle épreuve *imprimée en couleurs* sur japon, *numérotée et signée.*

185. — **La Promenade du Dimanche**, très belle épreuve *imprimée en couleurs* sur japon, *numérotée et signée.*

186. — **La Route**, très belle épreuve, *imprimée en couleurs*, sur japon, *numérotée et signée.*

187. — **Sur le Boulevard** (pointe sèche), *épreuve d'état retouchée et signée.* On y a joint une épreuve signée de la lithographie : Au Luxembourg.

188. — **The Old Lady's Garden**, très belle épreuve, *imprimée en couleurs*, sur japon, *numérotée et signée*, rare.

189. — **Vieillard assis et son Chien**, très belle épreuve *imprimée en couleurs* sur japon, *numérotée et signée.*

RENOIR

190. **La Dame au Grand Chapeau** (lithographie), très belle épreuve.

191. — **Mère et Enfant** (pointe sèche), très belle épreuve *imprimée en couleurs.*

ROPS (F.)

192. **L'Evocation ou l'Incantation** (R. 443), très belle épreuve sur japon, *signée*, **rare**.

ROPS (d'après)

193. **Les Deux Amis**, très belle *épreuve de remarque*, imprimée en couleurs, *numérotée*.

194. **L'Evocation ou l'Incantation**, très belle épreuve imprimée en couleurs, *numérotée*.

195. — **Le Gandin ivre**, très belle *épreuve de remarque*, imprimée en couleurs, *numérotée*.

196. — **La Mort dansant**, très belle épreuve, *imprimée en couleurs*, sur japon.

197. — **Le Sacrifice**, très belle *épreuve de remarque*, imprimée en couleurs et *numérotée*.

198. — **Le Scandale**, très belle *épreuve de remarque*, imprimée en couleurs, *numérotée*.

ROUSSEAU (Th.)

199. **Chênes de Roches** (L. D. 4), très belle épreuve du 3e *état* sur chine.

RUDE

200. **Pêcheur Napolitain** (L. D. I.), très belle épreuve.

SYNGE (Th.)

201. **Saint-Gervais, Paris**, très belle épreuve *signée*.

TEN CATE

202. **Dordrecht**, lithographie, très belle épreuve, *signée*

THAULOW (Fritz)

203. **Les Laveuses à Quimperlé,** très belle épreuve imprimée en couleurs, *numérotée et signée*, rare.

TISSOT (J.)

204. **Ten Etchings By J. J. Tissot, London MDCCCLXXVI; The Prodigal Son.**
Suite complète de 15 planches réunies en un album, très belles épreuves signées *avec dédicace.*

TOULOUSE LAUTREC (H. de)

205. **A la Brasserie (Femme au café avec son chien).** très belle épreuve *signée, numérotée et timbrée.*

206. — **Au Bois : Fillette au Chien et Amazone,** très belle épreuve, **très rare.**

207. — **La Coiffure** (grande planche), très belle épreuve, *numérotée.*

208. — **Colombine et Pierrot,** très belle et *très rare* épreuve.

209. — **Le Crocodile,** *très belle et très rare épreuve.*

210. — **Débauche,** très belle épreuve, *numérotée et signée,* rare.

211. — **“ Elles ”** suite complète de 10 lithographies avec titre et couverture, superbes épreuves *numérotées,* rare.

212. — **L'Entraîneur,** très belle épreuve, *tirée en ton bleuté.*

213. — **Ida Heath Dansant,** très belle épreuve, *imprimée en vert, timbrée et numérotée.*

214. — **Jockey à cheval et Entraîneur,** très belle et **très rare** épreuve.

Voir la Reproduction.

215. — **Lender Debout**, très belle épreuve *numérotée et limbrée.*

216. — **Lender de face dansant avec des castagnettes,** très belle épreuve.

217. — **Lender en Buste**, très belle épreuve *imprimée en couleurs, signée et timbrée.*

218. — **Lender Saluant**, superbe épreuve *imprimée en vert.*

219 — **Le Loie Fuller,** très belle épreuve imprimée en couleurs (On y a joint une épreuve d'essai, tirée au verso d'un titre de musique de Steinlen).

220. — **May Belfort à l'Irish Bar,** très belle épreuve, rare.

221. — **May Belfort de profil à gauche,** superbe épreuve.

222. — **Pauvre Pierreuse**, très belle épreuve *numérotée et signée.*

223 — **La Petite Loge**, très belle épreuve *imprimée en couleurs*, sur chine volant, *avec dédicace signée et très rare.*

Voir la Reproduction.

224. — **Mlle Pois Vert,** très belle épreuve, *imprimée en vert Lautrec*, **rare.**

225. — **Pourquoi pas**, très belle épreuve, *numérotée et signée.*

VUILLARD (Ed.)

226. — **Au Jardin**, très belle épreuve imprimée en couleurs, *signée.*

WHISTLER (J. M. N.)

227. **Titre de la Série de Douze Eaux-Fortes** (W. 20), très belle épreuve sur chine.

ZORN (Anders)

227 *bis*. **Les Cousines** (L. D. 6), superbe épreuve *signée*. Rare.

228. **En Omnibus** (L. D. 71), magnifique épreuve, *signée*.

Voir la Reproduction.

229. — **L'Irlandaise ou Annie** (L. D. 84), magnifique épreuve sur papier ancien, *signée*.

Voir la Reproduction.

230. — **Mon Modèle et mon Bateau** (L. D. 90), très belle épreuve *signée*.

231. — **Les Deux Modèles près du Lit** (L. D. 174), très belle épreuve *signée*.

232. — **Miss Emma Rassmussen** (L. D. 182), superbe épreuve *signée*.

233. — *La même*, très belle épreuve *signée*.

234. — **Demoiselle d'Honneur** (L. D. 191), très belle épreuve sur papier ancien, *signée*.

235. — **Auguste Rodin** (L. D. 203), très belle épreuve *d'un état non décrit entre le 1er et le 2e* (avant les 10 points et la taille diagonale coupant le crochet du Zygomatique gauche).

Peintures et Dessins

BUHOT (Félix)

236. **Retour de Foire**, plume, lavis et Gouache, Encadrée.
Haut. 295 ; Larg. 500.

237. — **Souvenir des environs de Gravesend, près de l'Embouchure de la Tamise**, très important dessin à la sépia rehaussé de gouache, ayant servi à l'exécution de l'eau forte du même titre. Encadré.
Haut. 285 ; Larg. 410.

Voir la Reproduction.

LALANNE (Maxime)

238. **Canal en Hollande**, dessin à la plume signé.
Haut. 0,200 ; Larg. 0,280.

LEGRAND (Louis)

239. **Fête Villageoise**, dessin à la plume signé et daté. 84, encadré.
Haut. 0,230 ; Larg. 0,160.

MADOU

240. **Paysanne assise**, peinture sur panneau, signée, encadrée.
Haut. 0,29 ; Larg. 0,22.

ROPS (F.)

241. **Dernier émoi**, peinture appliquée sur panneau, signée, encadrée.
Haut. 0,48 ; Larg. 0,35.

ROPS (F.)

242. **Ma Golonelle**, aquarelle signée, encadrée.
Haut. 0.22 ; Larg. 0,145.

www.ingramcontent.com/pod-product-compliance
Ingram Content Group UK Ltd.
Pitfield, Milton Keynes, MK11 3LW, UK
UKHW020503180726
13839UKWH00004B/1877